Collection MONSIEUR

1 MONSIEUR CHATOUILLE
2 MONSIEUR RAPIDE
3 MONSIEUR FARCEUR
4 MONSIEUR GLOUTON
5 MONSIEUR RIGOLO
6 MONSIEUR COSTAUD
7 MONSIEUR GROGNON
8 MONSIEUR CURIEUX
9 MONSIEUR NIGAUD
10 MONSIEUR RÊVE
11 MONSIEUR BAGARREUR
12 MONSIEUR INQUIET
13 MONSIEUR NON
14 MONSIEUR HEUREUX
15 MONSIEUR INCROYABLE
16 MONSIEUR À L'ENVERS
17 MONSIEUR PARFAIT
18 MONSIEUR MÉLI-MÉLO
19 MONSIEUR BRUIT
20 MONSIEUR SILENCE
21 MONSIEUR AVARE
22 MONSIEUR SALE
23 MONSIEUR PRESSÉ
24 MONSIEUR TATILLON
25 MONSIEUR MAIGRE
26 MONSIEUR MALIN
27 MONSIEUR MALPOLI
28 MONSIEUR ENDORMI
29 MONSIEUR GRINCHEUX
30 MONSIEUR PEUREUX
31 MONSIEUR ÉTONNANT
32 MONSIEUR FARFELU
33 MONSIEUR MALCHANCE
34 MONSIEUR LENT
35 MONSIEUR NEIGE
36 MONSIEUR BIZARRE
37 MONSIEUR MALADROIT
38 MONSIEUR JOYEUX
39 MONSIEUR ÉTOURDI
40 MONSIEUR PETIT
41 MONSIEUR BING
42 MONSIEUR BAVARD
43 MONSIEUR GRAND
44 MONSIEUR COURAGEUX
45 MONSIEUR ATCHOUM
46 MONSIEUR GENTIL
47 MONSIEUR MAL ÉLEVÉ
48 MONSIEUR GÉNIAL

Monsieur MALPOLI

Roger Hargreaves

HACHETTE
Jeunesse

Voici l'histoire de monsieur Malpoli.

Monsieur Malpoli était très impoli.

Il était même extrêmement impoli.

Il était malpoli avec tout le monde.

Alors, bien sûr, à Grandville,
la ville où il habitait, il n'avait pas d'ami.

Pas un seul !

– Pauvre monsieur Malpoli, disaient les gens.
Il est bien à plaindre.

Monsieur Malpoli ne se contentait pas d'être malpoli.
Il était riche.

Très riche ! L'un des plus riches du monde,
et peut-être même le plus riche.

Il avait la plus grande,
la plus longue limousine de Grandville.

Il avait le plus grand,
le plus vaste parc de Grandville.

Il avait, tout en haut d'une colline,
la plus grande,
la plus grosse maison de Grandville.

Il habitait là.

Tout seul !

Pauvre monsieur Malpoli !

Ce jour-là, monsieur Malpoli se promenait
dans son grand parc quand,
soudain, il entendit une voix. Une petite voix.

– Bonjour, dit la voix.

Monsieur Malpoli regarda autour de lui,
et là, parmi ses milliers de fleurs,
il aperçut un lutin.

– Vous pourriez me répondre ! lui fit remarquer le lutin.

– Non ! Fichez le camp !
répliqua monsieur Malpoli,
très impoliment.

– Oh, mais je sais qui vous êtes! dit le lutin.

Vous êtes ce fameux monsieur Malpoli,
celui qui est impoli avec tout le monde!

– Qu'est-ce que ça peut vous faire!
bougonna monsieur Malpoli
en haussant les épaules.

– Je connais quelqu'un qui désire vous rencontrer,
ajouta le lutin.

Et il fit trois petits bonds à la manière des lutins.

– Venez par ici,
dit-il en montrant un petit trou dans un arbre.

– Vous êtes idiot, complètement idiot!
s'écria monsieur Malpoli.

– Pas du tout ! répliqua le lutin.

– Si ! Et même vous êtes un imbécile !
Je ne pourrai jamais entrer dans ce trou !

Le lutin sourit,
puis prononça une formule magique de lutin
qui ressemblait à « Tirelilutiglouglou ».

Alors monsieur Malpoli se mit à rapetisser,
encore et encore,
et bientôt il ne fut pas plus haut que le lutin !

– Rendez-moi ma taille normale !
hurla monsieur Malpoli, fou de rage.

– Certainement pas !
répliqua le lutin avec un sourire.

Sur ces mots,
le lutin se glissa à l'intérieur de l'arbre.

Monsieur Malpoli, ne sachant que faire,
le suivit.

Dans le tronc,
il y avait un escalier qui n'en finissait pas
de descendre.

Sais-tu où il menait ?

Au Royaume des Lutins !

– Je veux voir IMMÉDIATEMENT votre chef !
cria monsieur Malpoli, en tapant du pied.

– Ne vous inquiétez pas, vous le verrez,
répondit le lutin

Il conduisit monsieur Malpoli
le long des rues du Royaume des Lutins.

Enfin ils arrivèrent devant un palais.

– Qui va là ? demanda le lutin-sentinelle.

– Monsieur Malpoli
et moi-même, dit le lutin.

– Ah, ah ! fit la sentinelle d'un air entendu.

Monsieur Malpoli
et le lutin franchirent les portes du palais,
traversèrent une cour,
s'engagèrent dans un long couloir et enfin,
après avoir passé de grandes portes d'or,
pénétrèrent dans une immense pièce.

Là, assis sur un trône en or,
se trouvait le Roi des Lutins.

– Votre Majesté,
dit le lutin en faisant une profonde révérence,
voici monsieur Malpoli.

– Ainsi c'est lui ce monsieur impoli
avec tout le monde, qui n'a aucun ami ? dit le Roi.

– N'importe quoi ! s'exclama monsieur Malpoli.

– Je vois que ce que l'on dit est vrai,
continua le Roi.

Cependant je vais vous permettre
de retrouver votre taille normale.

Mais lorsque vous serez de retour à Grandville,
si vous vous montrez de nouveau malpoli,
vous redeviendrez aussi petit qu'à présent.

C'est clair ?

Le lutin et monsieur Malpoli retraversèrent
le Royaume des Lutins, remontèrent le même escalier
et sortirent de l'arbre par le même petit trou.

Monsieur Malpoli se retrouva dans son grand parc.

Le lutin murmura quelque chose qui ressemblait à
« Uolguolgitulilerit »,
c'est-à-dire « Tirelilutiglouglou » à l'envers.

Monsieur Malpoli se mit à grandir,
grandir et il retrouva sa taille normale.

– N'oubliez pas les paroles du Roi,
lui rappela le lutin.

Sans même lui dire au revoir,
monsieur Malpoli regagna sa maison.

Le lendemain,
monsieur Malpoli alla se promener à Grandville.

Soudain,
il heurta un petit garçon qui jouait au ballon.

– Pousse-toi de là ! glapit monsieur Malpoli.

Tu devines la suite ?

Oui, c'est cela !

Monsieur Malpoli rapetissa,
encore et encore,
jusqu'à ne pas être plus haut
que le ballon du petit garçon.

– Oh, non ! gémit-il. Et il réfléchit.

– S'il te plaît, pourrais-tu me laisser passer ?

Aussitôt
monsieur Malpoli retrouva sa taille normale.

Le petit garçon s'écarta
et monsieur Malpoli continua son chemin.

Monsieur Malpoli croisa une vieille dame
chargée d'un lourd panier à provisions.

– S'il vous plaît, pourriez-vous m'indiquer l'heure ?
demanda-t-elle.

– Non ! répondit monsieur Malpoli.

Tu devines la suite, n'est-ce pas ?

Oui, c'est cela !

Monsieur Malpoli rapetissa, encore et encore.
Il devint si petit qu'il aurait pu tenir
dans le panier de la vieille dame.

– Oh non ! gémit-il. Et il réfléchit.

– Pardon, fit-il. Je voulais dire :
il est onze heures vingt-cinq.

Aussitôt monsieur Malpoli retrouva sa taille normale.

La vieille dame le remercia du renseignement,
et il continua son chemin.

Il alla ensuite acheter son journal au coin
de la grand-rue de Grandville.

Il s'éloignait déjà quand soudain il s'arrêta,
réfléchit et retourna vers le vendeur.

– Merci, lui dit-il.

Merci ! C'était la première fois
que monsieur Malpoli prononçait ce mot !

Le vendeur lui sourit.

Un sourire ! C'était aussi la première fois
qu'on en adressait un à monsieur Malpoli.

Un peu plus loin, un passant demanda
à monsieur Malpoli le chemin de la banque.

Monsieur Malpoli faillit lui répondre
« Fichez-moi la paix ! »
mais il se retint juste à temps, réfléchit et dit :

– C'est par ici.
Voulez-vous que je vous accompagne ?

– Merci beaucoup, dit le passant.
Vous êtes trop aimable.

C'était la première fois
qu'on disait à monsieur Malpoli
qu'il était aimable !

Tout heureux, il sourit !

Pour la première fois de sa vie,
monsieur Malpoli était heureux.

Et ça lui plaisait!

Sais-tu que depuis ce jour
monsieur Malpoli a beaucoup changé.

Il est toujours l'homme le plus riche de Grandville
et peut-être du monde,
mais maintenant il a beaucoup d'amis.

Et il sourit tout le temps.

Et il ne devient plus jamais tout petit.

A ton avis, quels sont les deux mots
que monsieur Malpoli emploie le plus?

« S'il vous plaît » et « merci » !

Alors, si jamais tu as envie d'être impoli
envers quelqu'un, « s'il te plaît »,
prends garde aux lutins !

Et « merci » d'avoir lu cette histoire !

RÉUNIS VITE LA COLLECTION ENTIÈRE DE **MONSIEUR MADAME**, **UNE FRISE-SURPRISE APPARAÎTRA !**

Traduction : Agnès Bonopéra
Révision : Évelyne Lallemand
Dépôt légal n° 53969 - janvier 2005
22.33.4813.02/6 - ISBN: 2.01.224813.6
Loi n° 49- 956 du 16 juillet 1949 sur les publications destinées à la jeunesse.
Imprimé et relié en France par I.M.E.